Se renta departamento

Título original en hebreo: דירה להשכיר / *Dira Le-haskir*
Primera edición en hebreo, 1959

Copyright © Sifriat Poalim Publishers and The Estate of Lea Goldberg
© De las ilustraciones: Eva Sánchez
Traducción: Eulàlia Sariola

Publicado por acuerdo con el Instituto para la Traducción
de la Literatura Hebrea, ITHL

Dirección editorial: Sandra Feldman
Colaboración: Erika Olvera, Alejandra Quiroz
Formación: Érika González

Primera edición en español, 2016

D. R. © 2016, Leetra Final, S. A. de C. V.
Nuevo León 250, Col. Condesa
C. P. 06140 Ciudad de México

www.leetra.com / contacto@leetra.com

ISBN 978-607-97313-3-5

Impreso en China / *Printed in China*

Se renta
DEPARTAMENTO

Lea Goldborg · Eva Sánchez

S
xz
G

En un hermoso valle,
entre viñedos y prados,
se levanta una torre
con cinco pisos ocupados.

¿Y en esa **torre** quién vive?

En el primer piso,
una gallina gorda y perezosa
pasa el tiempo tumbada en su cama, ociosa.
Tiene el cuerpo tan graso
que no puede dar ni un paso.

En el cuarto habita **una ardilla**.
Con alegría y entusiasmo,
sus nueces descascarilla.

Y en el quinto habitaba
el señor ratón,
pero hace una semana sus maletas
empacó y desapareció.

Nadie sabe por qué
ni adónde se fue.

Los vecinos se reunieron
para escribir un cartel
y lo colgaron encima del dintel.

Nadie sabe por qué
ni adónde se fue.

Los vecinos se reunieron
para escribir un cartel
y lo colgaron encima del dintel.

El cuco vive en el segundo.
Todo el día pasea para visitar a sus hijos,
que viven en otros cobijos.

En el tercero,
una gata negra, limpia y presumida,
adorna su cuello con una cinta colorida.

Por veredas, carreteras y caminos,
acuden a la casa los futuros inquilinos.
Primero llega **una hormiga**.

Sube hasta el quinto departamento
y el cartel lee al momento.
Abre la puerta, y desde una esquina
todo lo examina.

Los vecinos llegan de sus departamentos
y la rodean contentos.

—¿Te gustaron las habitaciones?
—Sí, me gustaron.
—¿Te gustó la cocina?
—Sí, me gustó.
—¿Te gustó el corredor?
—Sí, me gustó.

—Si es así, ¡quédate a vivir con nosotros, hormiga!
—No, no me quedaré.

—¿Por qué?

Dice la hormiga:

—Los vecinos no me gustan. ¿Cómo voy a vivir yo, la hormiga,
en un departamento con una gallina perezosa?
Pasa el tiempo tumbada en su cama, ociosa.
Tiene el cuerpo tan graso que no puede
dar ni un paso.

La gallina se ofendió
y la hormiga se marchó.

La hormiga se marchó
y la liebre llegó.

La liebre sube corriendo hasta el quinto departamento
y el cartel lee al momento.
Abre la puerta, y desde una esquina todo lo examina.

Los vecinos llegan de sus departamentos
y la rodean contentos.

—¿Te gustaron las habitaciones?
—Sí, me gustaron.
—¿Te gustó la cocina?
—Sí, me gustó.
—¿Te gustó el corredor?
—Sí, me gustó.
—Si es así, ¡quédate a vivir con nosotros, liebre!
—No, no me quedaré.

—¿Por qué?

—Los vecinos no me gustan. ¿Cómo voy a vivir yo aquí, la mamá de veinte pequeñitos, con un cuco que desampara a sus hijitos? Todos viven en otros nidos, descuidados y abandonados. Lo que aprenderían mis hijos, finalmente, sería contraproducente.

El cuco se ofendió
y la liebre se marchó.

La liebre se marchó
y **el cerdo** llegó.

Lee el cartel al momento: SE RENTA DEPARTAMENTO.
Luego sube la escalera sin detenerse siquiera.
Observa con sus ojos estrechos las paredes,
las ventanas y los techos.

Los vecinos llegan de sus departamentos
y lo rodean contentos.

—¿Te gustaron las habitaciones?
—Sí, me gustaron.
—¿Te gustó la cocina?
—Sí, me parece buena, pero que no esté sucia es una pena.
—¿Te gustó el corredor?
—Sí, me gustó.
—Si es así, ¡quédate a vivir con nosotros, cerdo!
—No, no me quedaré.

—¿Por qué?

—Los vecinos no me gustan. ¿Cómo voy a vivir yo aquí,
un cerdo de buena cuna, más blanco que la nieve,
junto a una gata negra de tan poco relieve?
No es decente ni conveniente.

—¡Vete, vete ya, cerdo!
¡Tampoco nos pareces decente ni conveniente!

El cerdo se marchó
y el ruiseñor llegó.

Sube el ruiseñor hasta el quinto piso entonando
sus trinos y lo oyen todos los vecinos.
Lee el cartel, abre la puerta, examina satisfecho
las paredes, el techo…

Los vecinos llegan de sus departamentos
y lo rodean contentos.

—¿Te gustaron las habitaciones?
—Sí, me gustaron.
—¿Te gustó la cocina?
—Sí, me gustó.
—¿Te gustó el corredor?
—Sí, me gustó.
—Si es así, ¡quédate a vivir con nosotros, ruiseñor!
—No, no me quedaré.

—¿Por qué?

—Los vecinos no me gustan. ¿Cómo puedo estar en paz y tranquilo al lado de esta ardilla, que con tanto estruendo las nueces descascarilla? Hasta el cielo llegan estos ruidos, que ensordecen mis oídos. Estoy acostumbrado a otras sinfonías, canciones y melodías.

La ardilla se ofendió
y el ruiseñor se marchó.

El ruiseñor se marchó
y la paloma llegó.

Sube ligera por la escalera. Llega al quinto departamento
y el cartel lee al momento. Abre la puerta, y desde una
esquina todo lo examina.

Los vecinos llegan de sus departamentos
y la rodean contentos:

—¿Te gustaron las habitaciones?
—Sí, me parecen buenas, pero algo pequeñas.
—¿Te gustó la cocina?

—Sí, me parece bien hecha, pero estrecha.
—¿Te gustó el corredor?
—El corredor parece inseguro: está muy obscuro.
—Entonces ¿no te quedarás con nosotros?

—Sí, me quedaré.

Me quedaré
con mucho gusto
con unos vecinos
tan maravillosos:

una gallina
de linda cresta,

un cuco
que a sus hijos aprecia,

una gata
distinguida

y una ardilla
divertida.

Juntos viviremos en armonía, paz y felicidad,
unidos en buena vecindad.

La paloma el departamento rentó
y con su arrullo día a día a los vecinos deleitó.

Así que en un hermoso valle,
entre viñedos y prados, se levanta una torre
con cinco pisos ocupados.
Y en esa torre hasta hoy residen
buenos vecinos que en paz conviven.

Lea Goldberg (Kaliningrado, Rusia, 1911)

Goldberg fue una reconocida poeta, así como prolífica escritora de literatura infantil, crítica teatral, traductora y editora. Recibió un doctorado en lenguas semíticas por la Universidad de Bonn y emigró al pre-Estado de Israel en 1935. En 1952 comenzó a enseñar literatura en la Universidad Hebrea de Jerusalén. Más tarde fundó el departamento de Literatura Comparada en dicha universidad y lo dirigió hasta su muerte, a causa de cáncer, en 1970.

Su poesía presenta un estilo aparentemente sencillo que casi no emplea rimas pero procura un ritmo complicado en los versos, especialmente hacia el último período. Explora temas como la ruptura de la relación amorosa, la soledad y la añoranza de su patria natal.

Recibió numerosos premios, entre ellos el Premio Ruppin (1949), el Premio Shlonsky (1956), el Premio Kugel (1960), el Premio Newman (1968) y el Premio Israel de Literatura (1970).

Eva Sánchez Gómez (Puigcerdà, España, 1986)

Estudió Bellas Artes e hizo una maestría en Enseñanza Secundaria con especialidad en Dibujo, ambas en la Universidad de Barcelona. Ha tomado diversos cursos de ilustración; entre ellos destaca el curso de ilustración científica aplicada a la ornitología. En 2009 apareció *Onades i flors,* su primer álbum ilustrado, escrito por Noemí Pres. Desde entonces ha ilustrado varios libros infantiles y juveniles. Su obra ha aparecido en catálogos de ilustración y proyectos de promoción lectora.

Ha participado en diversas exhibiciones colectivas, donde su trabajo ha sido reconocido con premios y menciones. En 2015, el IV Premio Internacional de Álbum Ilustrado Edelvives le fue otorgado por el proyecto *Dip. Más allá de la oscuridad,* una historia que recupera una leyenda tradicional de Pratdip, localidad de Tarragona, con el que también ganó el Premio CCEI de Ilustración 2016.